LETTRE

SUR LE DEBUT

DE MADEMOISELLE

CLAIRON

A la Comédie Françoise.

LETTRE

A MADAME

LA

MARQUISE. V..... DE G...

SUR LE DE'BUT

DE MADEMOISELLE

CLAIRON

A la Comédie Françaiſe.

Sic incipies.

A LA HAYE.

M. DCC. XLIV.

LETTRE

SUR LE DÉBUT

DE MADEMOISELLE

CLAIRON,

A la Comédie Française.

'Ai eu l'honneur, Madame, de vous informer du succès, avec lequel Mademoiselle Clairon a débuté à la Comédie Française. Vous voulez que j'entre dans un détail circonstancié, & que je vous remette sous les yeux son goût, son jeu, le genre qui lui est propre, ainsi que les endroits des piéces où elle a

A iij

préférablement enlevé les suffrages. Vous exigés encore que je crayonne son portrait, & que je vous rapporte quelques faits qui la regardent ; je me soumets à vos ordres, Madame. Heureux, si votre génie m'inspiroit ! Que ne puis-je écrire comme vous pensés.

Mademoiselle Clairon est âgée de 22. ou de 23 ans : elle est extrémement blanche : sa tête est bien placée : ses yeux sont grands ; pleins de feu, & respirent la volupté. Sa bouche est ornée de belles dents : sa gorge est bien placée, elle s'éleve sans affectation ; on gagne à l'examiner un plaisir que les autres sens seroient jaloux de partager avec la vüe. Sa taille est aisée ; elle se présente avec beaucoup de décence. Un air modeste & prévenant intéresse en sa faveur. Sans être une beauté accomplie, il faut lui ressembler pour être charmante. Son esprit est pétillant, sa conversation douce & engageante. Musicienne, Actrice, amie des Arts & leur éleve, elle est propre à tout, & sans faire d'effort, elle se trouve naturellement ce qu'elle veut être.

Telle est la personne : voici l'Actrice.

Mademoiselle Clairon a joüé dans les Provinces les rolles de *Suivantes*: elle a été extrémêment goutée à Rouën & en Flandres où on ne joüit pas de l'activité pleine de saillie & de naturel de mademoiselle *Dangeville*, ni de la finesse, toujours nouvelle, de l'inimitable *Silvia*.

Des talens estimables, quoiqu'ordinaires * ayant trouvé de l'indulgence à Paris sous les auspices d'un Acteur qui* ne doit rien à la nature, & à qui nous sommes redevables de quelques bons Essais & d'une connoissance raisonnée, & philosophique de son Art: Mademoiselle Clairon crût pouvoir se hazarder au jugement du Public, & choisit le Theâtre de l'Opéra. Ce lieu, vous le sçavez, Madame, est l'empire de l'illusion. On y exprime ce qu'on ne sent pas; en y soupirant de feintes passions, on y en fait naître de véritables, & souvent même de généreuses : mais comme tout y est magie, les plus séduisantes idées s'évanoüissent quelquefois aussi-tôt que les palais enchantés & les décorations.

* Mademoiselle Gaultier.
* Monsieur De la Noüe.

Il est rare que l'on n'ait pas au-dedans de soi-même un pressentiment de son bonheur, ou de son infortune. Mademoiselle Clairon chanta avec une crainte intérieure & une confiance apparente : elle eut des applaudissemens; mais sa destinée n'étoit pas de se fixer dans le Royaume des prestiges : elle devoit faire sa réputation & notre plaisir dans le temple de *Melpomene*. Néanmoins les ressources qu'elle avoit fait paroître dans différents rolles, son émulation & son ardeur découvrirent sa capacité, & les intelligens se piquerent d'avoir trouvé dans le caractere de son jeu le présage de sa gloire à venir.

La sagesse consiste à démêler son talent au travers de son amour propre & des complaisances d'autrui. Mademoiselle Clairon a surprit le sien. Elle débuta à la Comédie Française, au mois de Septembre dernier, par le rolle de *Phédre*. Quelle fut la surprise du Public, d'apprendre qu'une jeune actrice, sans maître que son génie, sans soutien que son désir de plaire ; sans espoir que celui de rencontrer des juges intégres & éclairés, se disposoit aux personnages les plus sérieux & les plus graves ! Les systêmes voltigerent alors de cercles en cercles, de Théâtres en Théâtres, avec le peu de petits-Maîtres que la Guerre laiſſoit à Paris pour notre martire & leur deshonneur. On citoit les *Le Couvreur*, les *Dumenil*. On comparoit d'avance ces Actrices renommées avec la nouvelle débutante, qui n'étoit connüe de perſonne. La jeuneſſe avoit déja pris parti pour ou contre. Les ſages en ſilence attendoient que Mademoiſelle Clairon ſe fit connoître. Elle parut ; elle joua ; ils déciderent. Tout fut donné naturellement à l'éloge, & preſque rien à la critique. Je ſuis ici, Madame, en partie leur écho : ſi je ne vous ſatisfais pas croyez que je ne le ſuis que de moi-même.

Mademoiſelle Clairon a ſur le Théâtre un air noble & élevé. Sa démarche attire les regards, & ſon maintien les fixe. La confiance avec laquelle elle ſe préſenta plût aux ſpectateurs. Sur la Scene comme dans le monde, le premier pas eſt celui qui décide pour toute la vie. Qui cauſe du plaiſir aux autres s'en apperçoit : la nouvelle Actrice lût la ſatisfaction dans les regards de la nombreuse assemblée : elle ne montra sa joïe, que par de nouveaux efforts ; & le public profita de ce qu’il faisoit éclore.

Remettrez-vous, Madame, ce bel endroit, ou *Phédre* veut & n’ose découvrir son amour ; commence des discours suivis & se perd insensiblement dans ses illusions.

>> Que ces vains ornemens, que ces voiles
>> me pésent !
>> Quelle importune main, en formant tous
>> ces nœuds,
>> A prit soin sur mon front d’assembler mes
>> cheveux !
>> Tout m’afflige, me nuit & conspire à me
>> nuire, &c.

Il n’y eut pas un seul mot, un seul mouvement qui ne fût d’après nature. Rien de mieux touché que l’égarement de *Phédre*.

>> Dieux ! que ne suis-je assise à l’ombre
>> des forêts.
>> Quand pourrai-je au travers d’une noble
>> poussiere,

» Suivre de loin un char fuyant dans la
» carriere , &c.

Avec quel caractére de tendresse &
de honte ne prononça-t-elle pas :

» J'offrois tout à ce Dieu que je n'osois
» nommer.

Il sembloit d'un côté qu'elle s'ap-
plaudissoit d'avoir donné son cœur à
Hipolite , & de l'autre, elle étoit tour-
mentée de secrets remords : on voyoit
dans ses yeux ce qu'elle souffroit, en
offrant aux Dieux des sacrifices impos-
teurs. Avec une telle Actrice, il ne faut
point faire d'efforts pour se mettre
dans la position du personnage , il ne
s'agit que de penser comme celle qui le
répréfente ; la copie alors devient égale
à l'original. Les connoisseurs furent ra-
vis de la façon dont elle anima ce pas-
sage :

» Où me cacher ? Fuyons dans la nuit in-
» infernale .....
» Mais que dis-je ? Mon Pere y tient l'urne
» fatale :

» Le fort ; dit-on , l'a mife en fes féveres
  » mains :
» Minos juge aux Enfers tous les pâles hu-
  » mains , &c.

Quelle ame, quelle frayeur, quelles images fe peignirent alors fur fon vifage ! Son gefte vif d'abord fe rallentit ; le feu de fon extérieur s'éteignit ; fa voix s'affoiblit infenfiblement , de telle forte que l'on découvroit que c'étoit moins l'artifice de fon talent que l'épuifement de la nature. On a prétendu qu'elle copioit Mademoifelle *Dumenil*. Pourroit-elle choifir un meilleur modele ? Mais non : leur jeu ne fe reffemble qu'en ce qu'il eft conduit avec des progreffions délicates & imperceptibles. Je fçais que Mademoifelle *Dumenil* eft une Actrice confommée, & que Mademoifelle Clairon eft dans fon aurore : néanmoins il me femble que cette premiere Scene eft peut-être rendüe avec plus de dignité & de naturel par la derniere. Dans le refte de la Piéce, j'aurois peine à affigner les points de fupériorité de l'une fur l'autre , fi ce n'eft dans ce morceau critique que

13

Mademoiselle *Dumenil* exprime d'une façon à n'être jamais égalée par personne.

           » Je fais mes perfidies ,
» Ænone, & ne suis point de ces femmes
  » hardies
» Qui gardant dans le crime une profonde
  » paix.
» Ont sçu se faire un front qui ne rougit
    » jamais.

Il y a dans chaque chose le coup de maître, que l'Artiste, l'Auteur & l'Acteur impriment à leurs productions. C'est la marque secrete que les plus habiles éleves peuvent à peine appercevoir, & rarement copier. Sans doute que Mademoiselle Clairon s'en choisira une qui ne sera pas ordinaire.

Après *Phédre* on donna *Zénobie*. Le récit de la premiere Scene est très-difficile. Mademoiselle Clairon s'en acquita avec une précision admirable. Ayant animé de tout son feu l'image de la fureur de son Epoux qui la précipite dans l'*Araxe*, elle s'arrête sur cette peinture effrayante. Ses yeux se fixent, son visage change, son émo-

tion devient trouble, fa paffion tranf-
port: à l'inftant où vous croyez qu'elle
va fe livrer aux mouvemens de haine
contre celui qui avoit eu deffein de lui
ravir le jour ; par la plus heureufe ré-
ticence elle demeure immobile, & fa
douleur ne parle que le langage de la
pitié.

   ,, Mon Epoux cependant preffé de toutes
       ,, parts
   ,, Tournant alors fur moi fes funeftes re-
       ,, gards.....,
   ,, Mais loin de retracer une action fi noire,
   ,, D'un Epoux malheureux refpectons la
       ,, mémoire.

Il n'y eut aucun Spectateur qui ne
fut tranfporté, lorfqu'elle intérompit
fa narration. Ses yeux, fon attitude,
fes bras, fon frémiffement, fon filen-
ce, tout parloit en elle, & cette voix
muëte charma tous les cœurs. Avec
quel dévelopement d'ame, & quelle
tendre émotion n'exprima-t'elle pas ces
deux vers.

» *Rh* : Zenobie ! *Zen* : ah ! Grans-Dieux.
» Cruel & cher Epoux ,
» Après tant de malheur Rhadamiste est-
» ce vous ?

Depuis plusieurs années le Public en-
tend déclamer cette Tragédie par une
jeune & belle Actrice qui fait ses délices. Il aura désormais la satisfaction
de la voir représenter avec tous ses
avantages.

A *Zénobie* succéda *Ariane*. Le seul
Rolle , qui donne le nom à la piéce est
intéressant. Mademoiselle Clairon y
triomphe : toujours Maîtresse de la Scene , elle se trouve dans toutes les posi-
tions possibles. Grande , humble , forte
foible , passionnée , furieuse , femme
en tout , elle ne laisse rien à désirer de
ce qui la caractérise. Toujours présente
à son Acteur , l'animant afin de profi-
ter de ses feux , elle se surpasse elle-même, & tout le monde avoüe, que jamais
Actrice n'a mieux rendu le désespoir
d'*Ariane*. Il est étonnant que Mademoiselle Clairon puisse toucher dans le ten-
dr e, séduire dans le passionné , attacher
dans

* Mademoiselle Gossin.

dans le naturel, & fixer dans le pathétique. Le Théâtre François est si-bien composé en Actrices, qu'on n'ose presque plus regréter les *Deseine*, les *Quinault* & les *Balicour*. Puisse un heureux Génie soutenir & fortifier les nouveaux Acteurs qui commencent à marcher sur les pas des *Duchemin*, des *Montmenil* & des *Dufrêne*.

Electre est si intéressante, qu'il suffit de la réciter pour plaire. Une Actrice qui pense, joûte contre l'Auteur & enchérit sur ses idées. L'émulation de Mademoiselle Clairon a été couronnée dans cette rencontre. Elle rendit avec le coloris & les nuances nécessaires, ce beau commencément.

» Témoin du crime affreux, que poursuit
 » ma vangeance,
» O nuit, dont ant de fois j'ai troublé le
 » silence,
» Insensible Témoin de mes vives douleurs,
» Electre ne vient plus te confier ses
 » pleurs, &c.

On croyoit qu'elle copieroit sa reconnoissance avec *Rhadamiste* dans celle le qu'elle alloit joüer avec *Oreste*, & que comme les Piéces de Monfieur de *Crébillon* ont le même air, & que les reconnoiffances font à peu-près femblables, la débutante imiteroit le Poëte. On fut agréablement furpris de la variété qu'elle y jetta : Il eft glorieux d'avoir plus d'un chef-d'œuvre dans le même genre. J'ai fait une finguliére attention, Madame, à fa converfation avec *Itis* qu'elle aime, & qu'elle devroit haïr. Pendant une partie du dialogue, elle ne montre que de la fierté : fon amour en eft au défefpoir : pour fe foulager, elle tourne un regard vers le parterre : fa tendreffe fort de ce regard. L'orgüeil, la hauteur, & le mépris, font pour le malheureux Prince ; il ne voit dans *Electre* qu'une amante inéxorable. Le Spectateur eft témoin & confident des véritables fentimens de la fille d'*Agamemnon* : il voit combien elle fouffre de faire fouffrir fon amant, & il joüit de fon aimable repentir. Voilà de ces traits de genie, & d'intelligence, qui décellent une Actrice Supérieure, & qui font honneur au Public à qui on ne les adreffe, que parce qu'on le connoît ca-

B

pable d'en sentir la valeur, & d'en approuver l'exécution. Il faut ici l'avoüer à la gloire de l'illustre Auteur de *Rhadamiste* & d'*Electre*. Ses piéces ne doivent rien de leur force à ceux qui les répréfentent. Combien d'ouvrages de nos jours ne doivent leur fuccès paffager, qu'aux charmes de certaines Actrices, qui font illufion au public, fur toutes les bagatelles qu'elles daignent embellir?

Mademoifelle Clairon a joué *Atalide* dans *Bajazet*, elle a répréfenté avec ame, force, & même avec des entrailles. Il eft des jours d'infortune : elle n'a pas réüffi dans ce rolle comme dans ceux qui l'ont précédé. Il me femble qu'il eft trop foible pour la nouvelle débutante, & qu'elle n'a manqué qu'en voulant lui prêter ce qu'il ne peut fouffrir; il demande non une fenfibilité d'art, mais de naturel & de tempérament. De plus concourent dans ce poëme dramatique deux grans Rolles; celui de *Roxane* & d'*Atalide*. Mais *Roxane* prime partout : Mademoifelle *Duménil*, qui en étoit chargée, en Actrice confommée, & qui étoit en place, fe manifefta d'une façon si diversifiée, & si nouvelle, qu'avec la supériorité de ses talans & de son personnage, elle fixa sur elle tous les regards. Les efforts de Mademoiselle Clairon ne pûrent percer ce nuage de gloire qui environnoit sa rivale, & elle demeura dans l'obscurité. Il est bien difficile à une jeune violette de briller, lorsqu'elle se trouve à l'ombre d'une rose majestueuse qui prend plaisir à étaler la pompe de ses couleurs. Cependant elle exprima avec beaucoup d'ame les derniers vers du cinquiéme Acte.

» Vous de qui j'ai troublé la gloire & le
 » repos
» Heros, qui deviés tous revivre en ce
 » Heros ?
» Toi, mere malheureuse, & qui dès no-
 » tre enfance
» Me confias son cœur dans une autre espé-
 » rance ;
» Infortuné Visir ; amis désepérés ;
» Roxane, venés tous contre moi conjurés
» Tourmenter à la fois une amante éperduë
» Et prendre la vengeance enfin qui vous
 » est duë.

Le peu de succès que Mademoiselle Clairon avoit eu dans *Atalide*, lui fit abandonner ce personnage ; elle remplit celui d'*Hermione* : n'ayant plus Mademoiselle *Duménil* en présence, elle rassembla aisément les applaudissemens égarés. *Hermione* fut renduë avec la noblesse, la force, la jalousie que lui inspiroit la présence d'une rivale ; surtout dans les conversatons raisonnées, & dans le monologue qui commence le cinquiéme Acte.

   » Où suis-je ? qu'ai-je fait ? que dois-je faire
    » encore ?

   » Quel transport me saisit ? quel chagrin
    » me devore ?

   » Errante & sans dessein dans ce vaste
    » Palais :

   » Ah ! ne puis-je sçavoir, si j'aime ou si je
    » haïs.

On fut étonné de la vivacité de sa réplique à Oreste qui lui annonce en triomphant le meurtre de Pirrhus.

   »
   » F*

« Va faire chez tes Grecs admirer ta fureur *
» Va, je la défavoüe & tu me fais horreur.
» Barbare, qu'as-tu fait ?

Voici maintenant, Madame, ce que l'on penfe de Mademoifelle Clairon pour le Comique. Elle a du vif, du pétillant, de la fineffe, mais un peu trop de gravité ; & ce qui eft fingulier, c'eft que malgré tout fon feu, très fouvent fon jeu eft froid dans ce genre. Elle a paru avec diftinction dans la *Nouveauté*, petite Comédie qui fera long-temps ce que fon titre annonce. Elle y chanta plufieurs airs. La netteté de fa voix, fon goût & fes cadences aifées firent un plaifir infini dans un féjour où la Mufique eft un talent qu'on n'y éxige point, & qu'on y rencontroit avec furprife. Cependant, Madame, il eft probable qu'elle abandonnera les *Suivantes*, & ne s'appliquera plus à un genre, où elle auroit des Approbateurs, mais certainement plus d'une fupérieure. Elle cultivera fans doute le Tragique, dans lequel après quelques années & de l'étude, elle ne rencontrera au plus que des les.

Pour réunir ſous un point de vûe ce que l'on penſe ſans partialité de Mademoiſelle Clairon : Elle a un extérieur avantageux , & qui ſéduira toujours. Elle a de l'ame , des entrailles , de la force , du pathétique & du ménagé. Elle poſſéde le dégré précis des tranſitions d'une paſſion à une autre : elle entre dans le ſens de ſes Rôles , & en ſaiſit l'eſprit ; prévient à propos & ſemble avertir l'Auditeur lorſqu'elle eſt ſur le point de lui faire entendre quelque penſée frappante ; elle ne ſe précipite point de conclure ſon diſcours. Elle léve les yeux avec expreſſion , a un geſte aiſé , varie ſes agrémens : on ne lui reprochera pas une répétition de charmes. Sa mémoire eſt ſûre , & ne chancelle jamais. Cet avantage, & la netteté de ſa prononciation ſont en elle plutôt des prodiges que des dons de la Nature. On trouve ſa voix trop peu grave pour le furieux , & trop éclatante pour le tendre. On lui deſireroit une plus grande liberté dans la converſation Théâtrale , & un ſoin plus exact de partir juſte à ſon Acteur. Ce qui eſt certain , Madame , c'eſt que jamais aucune Actrice

n'a débuté avec de si grands talens, &
n'a encore donné de si grandes espéran-
ces d'une perfection totale. Elle ne fera
pas de tort au jeu naïf de Mademoiselle
Gossin, ni au majestueux de Mademoiselle *Duménil* : mais réciproquement
aussi, les charmes de l'une & le sublime
de l'autre ne lui nuiront pas. Elles bril-
leront chacunes de leur lumiere, &
l'amusement du Public en sera plus affer-
mi, étant multiplié si avantageusement.
Selon le caractere de Mademoiselle Clairon, on espere qu'elle fera ses efforts
pour justifier les applaudissemens du Public qui lui donne tous les jours des
preuves de son contentement, par des
suffrages d'autant plus sincéres, qu'ils
font plus souvent répétés. On est per-
suadé que Mademoiselle *Duménil* l'é-
claire de ses conseils & aide à la former.
Les personnes d'un vrai mérite font au-
dessus de la jalousie. Cette condüite est
digne de cette excellente Actrice, aussi
estimée par les vertus de son cœur, que
pour ses talens sur la Scéne.

In publick life by allnho san approv'd
In private life by allnho knen her lov'd.

Adorée sur le Théâtre de ceux qui la voyent, elle fait les délices de ceux qui ont la satisfaction de la fréquenter dans le particulier. Sujette elle-même autrefois à d'injustes contradictions dont elle a triomphé ; elle aide & encourage une Eleve & une Amie qui avec des talens à peu près semblables, se trouve dans la même position : Heureux les cœurs qui sçavent compâtir aux maux qu'ils ont endurés !

Vous serez dans peu, Madame, à Paris, vous jugerez vous même de la sincérité & de la vérité de ce que j'ai hazardé. Je me ferai gloire de rectifier mon jugement sur vos opinions, & de vous assurer du profond respect avec lequel j'ai l'honneur d'être

MADAME,

Ce 20. Décembre
1743.

Votre très-humble & très-
obéissant Serviteur
D. De. M. A. O. V. l. r. t.